Peter Huchel

Havelnacht

Mit Fotografien von Roger Melis

Herausgegeben und
mit einem Nachwort von Lutz Seiler

Insel Verlag

Insel-Bücherei Nr. 1487

Havelnacht

DIE DRITTE NACHT APRIL

Der Havel das Eis, den Kröten den Mund
öffnet April.
Der Himmel war vom Schnee noch wund,
ich kam auf die Welt, es regnete still
in der dritten Nacht April.

Die Milch der Mutter schmeckte gut.
Der Birkbusch wuchs, ich blieb nicht jung.
Die Nacht verdunkelte mein Blut,
der Augen braune Dämmerung.

Der Schatten meines Herzens steht
im kalten Schatten vom April,
dem feldernden, der Lerchen weht,
und in den Bäumen leben will.

ÜBER DEN JÄGERN JAGT DER GRÖSSERE HUND

Wenn ich mit den Beuteträgern
ziehe durch den dunklen Grund,
droben über allen Jägern
jagt wie Wind der größre Hund.

Denn im Rücken spür ich einen,
der in meinem Jagen jagt,
und mein Herzschlag ist dem seinen
wie ein Knecht nur, der sich plagt.

Wie ein Knecht nur, der die Beute
sich zur schweren Bürde häuft,
der im Winde hört die Meute,
die sein Laufen überläuft.

Zieh ich mit den Beuteträgern
dunkel durch den alten Grund,
droben über allen Jägern
hungrig jagt der größre Hund.

DER TOTENHERBST

Der du die Fackeln roten Laubes der Alleen
zu welker Asche und November brennst,
das Schilf zersplitterst hart am Mund der Seen
und spätgebeugt den scherb'gen Acker senst:
Novemberbrand, ein weniges vor toten Sternen,
aus grauen Himmeln rauchend her,
dein Feuer stürzt die gelben Blattlaternen,
stößt Ödschnee durch die Zacken leer!
Im Laub die Engel wehn, grabend ein Schwarzes
am Abhang längst erloschnen Mondes ein,
ihr Flügelschlag trägt Rauch verflackten Harzes
aus Stumpf und Schneeloch über Flachfeldschein.
Fernab der Schwingen dürres Rauschen
verscheucht aus Totenhöfen läuft:
Novemberherz, ein Vogelschrei läßt spät noch lauschen –
und Schrei der Wälder, die der Sturm behäuft!
Wie wölkt der Himmel ohne Stern und Gnade
den Totenherbst bis in die Häuser grau:
Beweint, der Brief schweigt in verstaubter Lade
der Einsamkammer ohne Licht und Frau.
Wer seinen Schatten fühlt als toten Zeugen,
scharrt Trauer aus der Wand der Scham,
der läßt das Haus, im Winde sich zu beugen,
im Zunder Laub, das schwarz im Schnee verkam.
Er muß das unbewohnte Herz beenden
mit allen Engeln tot im Jahr.
Und muß im Nachtanbrausenden sich wenden,
hörend im Wind, was weint und war.

LAUBASCHE

Du kennst den Weg, den öden Weg.
Oktober flog schon oben fort.
Der Bram nur raschelt leer am Steg.
Todduftend aber blieb der Ort.
Ein kahler Fingerzacken greift
das Habichtskraut, das dort noch steht,
und wo der Frost das Gras bereift,
ein letztes gelbes Leuchten weht.

Was noch so spät ins Dunkle glimmt,
wie bald verschwelt der nasse Docht,
der trüb und bleich im Nebel schwimmt,
den toten Kummer müde kocht.
Du suchst das Licht aus Laub und Lehm,
dein Fuß stöbert im Kupferlaub.
Der Ahorn raschelt, sein Gebräm,
und dunkel fällt der falbe Staub.

Du horchst noch in den falben Sand.
Die Asche grub die Grille ein.
Nun zieht der Schatten übers Land,
sie wärmt sich noch am Feuerstein.
Wer wärmt nun deine Höhle Schlaf?
Wie Ruß verschwimmt der Ackerrauch.
Kein Blitz den fahlen Acker traf,
die Rinde häutet ab der Strauch.

Der Acker wird im Monde alt.
Kalt schlägt der Regen aus dem Wind.

Der schwarze Regen schwatzt und lallt,
das Feld liegt taub und maulwurfsblind.
Du gehst den Weg, den öden Weg,
der Regen geht dir endlos nach.
Der Bram nur raschelt leer am Steg.
Wie liegt dein Herz, dein Herz noch brach –!

HERKUNFT

Daß ich kam im Schattenwind,
weiß davon das Haus?
Birnen duften mürb im Spind
alten Sommer aus.
Wo der Flegel sausend drosch,
fliegt das Korn zuhauf.
Wo am Bett das Öl erlosch,
liegt das Laken auf.

Als ich mit verharztem Haar
in die Kiefern kroch,
klangen laut vom Schwalbenjahr
Dach und Kammer noch.
Nachtgeläut umweht das Haus.
Und durchs kalte Tor
gehn die Freunde still hinaus,
die ich längst verlor.

Und der Kesselflicker auch,
der am Feuer saß,
hämmernd und im Küchenrauch,
den ich lang vergaß,
vor mir hockt er krumm und alt
und zigeunerisch,
kam nachts aus dem Krähenwald,
suchte Herd und Tisch.

Eh die Magd die Vesper bot
und vom Brotlaib schnitt,
ritzte sie das Kreuz ins Brot,
gab den Glauben mit.
Wenn es grün am Himmel tagt,
ob sie feldwärts eilt,
dienend noch, die graue Magd?
Weiß ich, wo sie weilt?

Und der Knecht, der grübelnd sann,
war der Tag kaum hell,
forschend, was die Spinne spann,
lief im Netz sie schnell,
seilte sie die Fäden fest,
zog ein Sturm herauf,
Regen blieb lang im Geäst,
war sie träg im Lauf.

Alle leben noch im Haus:
Freunde, wer ist tot?
Euern Krug trink ich noch aus,
esse euer Brot.
Und durch Frost und Dunkelheit
geht ihr schützend mit.
Wenn es auf die Steine schneit,
hör ich euern Schritt.

KINDHEIT IN ALT-LANGERWISCH

Kindheit, o blühende Zauch,
wo wir im nußweißen Tag,
klein im Holunderrauch
waren den Hummeln nach.

Vor uns die Wolken schön
liefen wie jappende Doggen.
Dengeln und Wetzsteingetön
herrschten im Roggen.

Mund und Tasche war froh,
wenn ich ins Kellerloch kroch,
wo es unten nach Winterstroh,
Nüssen und Äpfeln roch.

Barfuß im Sauerampfer
lief ich zum Brombeertische,
Weide, der morsche Zaun
warf mich in Brennesselbüsche.

Abends die Pumpe schrie,
drämmernde Eimer füllte.
Groß an der Tränke das Vieh
stampfte und brüllte.

Nacht kroch an, von Spinnen bewohnt,
blakte das weiße Stallicht aus.
Und wir huschten grau im Mond
noch mit Hund und Fledermaus.

Hörten den Knecht beschwören die Kuh,
Kranke von Schierling und Klee:
Milch, blaue Milch, Satansmilch du,
im Namen des Vaters vergeh!

Seufzte am Maul der Kühe das Heu,
Gott, wie schliefen im Schlafe wir treu,
nachts im strohwarmen Bette.

Und die Träume flogen wie Spreu,
warfen ins Haar die duftende Klette.

AM BEIFUSSHANG

Hier lief ich barfuß einst als Kind
und trug den braunen Kaffeekrug
zur Vesper im Lupinenwind.
Der Beifuß meine Füße schlug.

Hier hielt ich oft am Roggen Rast,
zog Blüten vom Akazienast,
die schmeckten wie der Juni wild.

Und schlief im mittagsblauen Kraut,
das zitterte von Hummeln laut,
von Lerchen überschrillt.

Es rauschte aus dem Klee der Schlaf
und Beifuß meine Füße traf.
Kratzdistel stäubte blind.

Und aus dem Schlaf, der Duft annahm
vom Wind, der aus dem Sommer kam,
und aus dem Schlaf wuchs hoch der Traum
wie Beifuß aus dem Ackersaum.

Musik scholl aus dem Heidekrug.
Und Knecht und Magd, im Sensenzug,
sie zogen durch das Erntetor.
Den Strohkranz hielt ein Kind empor.

Durchs Tor fuhr auch der Bindebaum,
der trug das wilde Gras vom Traum.

Im Gras saß ich, mit müdem Haar,
das gelb verschlafen von Lupinen war.

MÄRKISCHER FRIEDHOF

Wo Knaben an der Mauer sitzen
und aus Holunder Büchsen schneiden,
im Rauchwerk roter Berberitzen,
im Haus der Amseln und der Weiden:

Hier möchte ich einst erdig liegen,
– ich bitt das Kraut, mich zu vergessen –
wo sommers Kletten lustig fliegen
und Knaben holzge Birnen essen.

Vermengt mit aller Namen Aschen,
von Wind und Regen fortgewaschen.

DER KNABENTEICH

Wenn heißer die Libellenblitze
im gelben Schilf des Mittags sprühn,
im Nixengrün der Entengrütze
die stillen Wasser seichter blühn,
hebt er den Hamen in die Höhe,
der Knabe, der auf Kalmus blies,
und fängt die Brut der Wasserflöhe,
die dunkel wölkt im Muschelkies.

Rot blüht um ihn die Hexenheide,
fischäugig blinkt der Teich im Kraut.
Der graue Geist der Uferweide
wird über Sumpf und Binsen laut,
wo dünn der Ruf der scheuen Unken
tönt wie ein Mund der Zauberei ...
Der Knabe horcht, ins Ohr gesunken
sind Wind und Teich und Krähenschrei.

Verzaubert ist die Mittagshelle,
das glasig grüne Algenlicht.
Der Knabe kennt die Wasserstelle,
die anders spiegelt sein Gesicht.
Er teilt das Schilf, das splittrig gelbe:
froschköpfig plätschert hoch der Nick –
und summt und spritzt und ist derselbe
wie einst mit tierhaft wildem Blick.

Und auch der Teich ist noch derselbe
wie einst, da dein Mund Kalmus blies,

dein Fuß hing ins Sumpfdottergelbe
und mit den Zehen griff den Kies.
Wenn dich im Traum das teichgrüntiefe
Gesicht voll Binsenhaar umfängt,
ist es als ob der Knabe riefe,
weil noch dein Netz am Wasser hängt.

OKTOBERLICHT

Oktober, und die letzte Honigbirne
hat nun zum Fallen ihr Gewicht,
die Mücke im Altweiberzwirne
schmeckt noch wie Blut das letzte Licht,
das langsam saugt das Grün des Ahorns aus,
als ob der Baum von Spinnen stürbe,
mit Blättern, zackig wie die Fledermaus,
gesiedet von der Sonne mürbe.

Durchsüßt ist jedes Sterben von der Luft,
vom roten Rauch der Gladiolen,
bis in den Schlaf der Schwalben wird der Duft
die Traurigkeit des Lichts einholen,
bis in den Schlaf der satten Ackermäuse
poltert die letzte Walnuß ein,
die braun aus schwarzgrünem Gehäuse
ans Licht sprang als ein süßer Stein.

Oktober, und den Bastkorb voll und pfündig
die Magd in Spind und Kammer trägt,
der Garten, nur von ihrem Pflücken windig,
hat sich ins müde Laub gelegt,
und was noch zuckt im weißen Spinnenzwirne,
es flöge gern zurück ins Licht,
das sich vom Ast die letzte Birne,
den süßen Gröps des Herbstes bricht.

LETZTE FAHRT

Mein Vater kam im Weidengrau
und schritt hinab zum See,
das Haar gebleicht vom kalten Tau,
die Hände rauh vom Schnee.

Er schritt vorbei am Grabgebüsch,
er nahm den Binsenweg.
Hell hinterm Röhricht sprang der Fisch,
das Netz hing naß am Steg.

Sein altes Netz, es hing beschwert,
er stieß die Stange ein.
Der schwarze Kahn, von Nacht geteert,
glitt in den See hinein.

Das Wasser seufzte unterm Kiel,
er stakte langsam vor.
Ein bleicher Streif vom Himmel fiel
weithin durch Schilf und Rohr.

Die Reuse glänzte unterm Pfahl,
der Hecht schlug hart und laut.
Der letzte Fang war schwarz und kahl,
das Netz zerriß im Kraut.

Die nasse Stange auf den Knien,
die Hand vom Staken wund,
er sah die toten Träume ziehn
als Fische auf dem Grund.

Er sah hinab an Korb und Schnur,
was grau als Wasser schwand,
sein Traum und auch sein Leben fuhr
durch Binsen hin und Sand.

Die Algen kamen kühl gerauscht,
er sprach dem Wind ein Wort.
Der tote Hall, dem niemand lauscht,
sagt es noch immerfort.

Ich lausch dem Hall am Grabgebüsch,
der Tote sitzt am Steg.
In meiner Kanne springt der Fisch.
Ich geh den Binsenweg.

DER GLÜCKLICHE GARTEN

Einst waren wir alle im glücklichen Garten,
ich weiß nicht mehr, vor welchem Haus,
wo wir die kindliche Stimme sparten
für Gras und Amsel, Kamille und Strauß.

Da saßen wir abends auf einer Schwelle,
ich weiß nicht mehr, vor welchem Tor,
und sahn wie im Mond die mondweißen Felle
der Katzen und Hunde traten hervor.

Wir riefen sie alle damals beim Namen,
ich weiß nicht mehr, wie ich sie rief.
Und wenn dann die Mägde uns holen kamen,
umfing uns das Tuch, in dem man gleich schlief.

DIE STERNENREUSE

Daß du noch schwebst, uralter Mond?
Als jung noch deine Scheibe schwebte,
hab ich an einem Fluß gewohnt,
wo nur das Wasser mit mir lebte.
Das Wasser scholl, es war Gesang,
ich schöpfte und die Seele lauschte,
wie es um Steine tönend sprang
und schäumend schoß und nieder rauschte.

Zwei Felsen, wie bestäubt von Ruß
und steil und schmal wie eine Schleuse,
umstanden damals noch den Fluß.
Im Wasser hing die Sternenreuse.
Ich hob die Reuse aus dem Spalt,
es flimmerten kristallne Räume,
es schwamm der Algen grüner Wald,
ich fischte Gold und flößte Träume.

O Schlucht der Welt, des Wassers Schwall
kam wie Gesang: war es mein Leben?
Damals sah ich im dunkeln All
ganz nah die Sternenreuse schweben.

HAVELNACHT

Hinter den ergrauten Schleusen,
nur vom Sprung der Fische laut,
schwimmen Sterne in die Reusen,
lebt der Algen Dämmerkraut.

Lebt das sanfte Sein im Wasser,
grün im Monde, unvergilbt,
wispern nachts die Büsche blasser,
rauscht das Rohr, ein Vogel schilpt.

Nah dem Geist, der nachtanbrausend
noch in seinem Flusse taucht,
in dem Schilf der Schleusen hausend,
wo der Fischer Feuer raucht:

Duft aus wieviel alten Jahren
neigt sich hier ins Wasser sacht.
Wenn wir still hinunter fahren,
weht durch uns der Trunk der Nacht.

Die vergrünten Sterne schweben
triefend unterm Ruder vor.
Und der Wind wiegt unser Leben,
wie er Weide wiegt und Rohr.

LÖWENZAHN

Fliegen im Juni auf weißer Bahn
flimmernde Monde vom Löwenzahn,
liegst du versunken im Wiesenschaum,
löschend der Monde flockenden Flaum.

Wenn du sie hauchend im Winde drehst,
Kugel auf Kugel sich weiß zerbläst,
Lampen, die stäubend im Sommer stehn,
wo die Dochte noch wolliger wehn.

Leise segelt das Löwenzahnlicht
über dein weißes Wiesengesicht,
segelt wie eine Wimper blaß
in das zottig wogende Gras.

Monde um Monde wehten ins Jahr,
wehten wie Schnee auf Wange und Haar.
Zeitlose Stunde, die mich verließ,
da sich der Löwenzahn weiß zerblies.

VON NACHT ÜBERGRAUT

Von Nacht übergraut
von Frühe betaut
so zogest du fort.

Du winkst und es wehn
die dämmernden Seen
im Traum noch dein Wort.

Im Sande verrollt
die Woge aus Gold.

Und winkt es auch her:
Du bist es nicht mehr.

WINTERSEE

Ihr Fische, wo seid ihr
mit schimmernden Flossen?
Wer hat den Nebel,
das Eis beschossen?

Ein Regen aus Pfeilen,
ins Eis gesplittert,
so steht das Schilf
und klirrt und zittert.

SPÄTE ZEIT

Still das Laub am Baum verklagt.
Einsam frieren Moos und Grund.
Über allen Jägern jagt
hoch im Wind ein fremder Hund.

Überall im nassen Sand
liegt des Waldes Pulverbrand,
Eicheln wie Patronen.

Herbst schoß seine Schüsse ab,
leise Schüsse übers Grab.

Horch, es rascheln Totenkronen,
Nebel ziehen und Dämonen.

1933

SIBYLLE DES SOMMERS

September schleudert die Wabe des Lichts
Weit über die felsigen Gärten aus.
Noch will die Sibylle des Sommers nicht sterben.
Den Fuß im Nebel und starren Gesichts
Bewacht sie das Feuer im laubigen Haus,
Wo Mandelschalen als Urnenscherben
Zersplittert im harten Weggras liegen.
Das Schilfblatt neigt sich, das Wasser zu kerben.
Die Spinnen reisen, die Fäden fliegen.
Noch will die Sibylle des Sommers nicht sterben.
Sie knotet ihr Haar in den Bäumen fest.
Die Feige leuchtet in klaffender Fäule.
Und weiß und rund wie das Ei der Eule
Glänzt abends der Mond im dünnen Geäst.

WIDMUNG

für Ernst Bloch

Herbst und die dämmernden Sonnen im Nebel
Und nachts am Himmel ein Feuerbild.
Es stürzt und weht. Du mußt es bewahren.
Am Hohlweg wechselt schneller das Wild.
Und wie ein Hall aus fernen Jahren
Dröhnt über Wälder weit ein Schuß.
Es schweifen wieder die Unsichtbaren
Und Laub und Wolken treibt der Fluß.

Der Jäger schleppt nun heim die Beute,
Das kiefernästig starrende Geweih.
Der Sinnende sucht andre Spur.
Er geht am Hohlweg still vorbei,
Wo goldner Rauch vom Baume fuhr.
Und Stunden wehn, vom Herbstwind weise,
Gedanken wie der Vögel Reise,
Und manches Wort wird Brot und Salz.
Er ahnt, was noch die Nacht verschweigt,
Wenn in der großen Drift des Alls
Des Winters Sternbild langsam steigt.

DAMALS

Damals ging noch am Abend der Wind
Mit starken Schultern rüttelnd ums Haus.
Das Laub der Linde sprach mit dem Kind,
Das Gras sandte seine Seele aus.
Sterne haben den Sommer bewacht
Am Rand der Hügel, wo ich gewohnt:
Mein war die katzenäugige Nacht,
Die Grille, die unter der Schwelle schrie.
Mein war im Ginster die heilige Schlange
Mit ihren Schläfen aus milchigem Mond.
Im Hoftor manchmal das Dunkel heulte,
Der Hund schlug an, ich lauschte lange
Den Stimmen im Sturm und lehnte am Knie
Der schweigsam hockenden Klettenmarie,
Die in der Küche Wolle knäulte.
Und wenn ihr grauer schläfernder Blick mich traf,
Durchwehte die Mauer des Hauses der Schlaf.

Gartenweg

CAPUTHER HEUWEG

Wo bin ich? Hier lag einst die Schoberstange.
Und schüttelnd die Mähne auf Leine und Kummet
Graste die Stute am wiesigen Hange.
Denn Mittag wars. Bei Steintopf und Krug
Ruhten die Mäher müde im Grummet.
Am Waldrand, wo schackernd die Elstern schrien,
Stand halb in der Erde ein Mann und schlug
Mit Axt und Keil aus Stubben den Kien.
Wann war dieser Sommer? Ich weiß es nicht mehr.
Doch fahren sie Grummet, der Sommer weht her
Vom Heuweg der Kindheit, wo ich einst saß,
Das Schicksal erwartend im hohen Gras,
Den alten Zigeuner, um mit ihm zu ziehn.

UNTER DER KIEFER

Nadeln ohne Öhr,
Der Nebel zieht
Die weißen Fäden ein.
Fischgräten,
In den Sand gescharrt.
Mit Katzenpfoten
Klettert der Efeu
Den Stamm hinauf.

HINTER DEN ZIEGELÖFEN

Erhabene Helle,
Noch zu finden im fauligen Licht
Gestauter Wasser. Hinter den Ziegelöfen,
Gleisentlang,
Die leichte Dünung der Gräser.
Biege das weiße Schilf zurück,
Du stehst vor der Furt des Mittags.
Hier wird Gold gewaschen
Und auf zerbrochene Ziegel geschüttet.

CHAUSSEEN

Erwürgte Abendröte
Stürzender Zeit!
Chausseen. Chausseen.
Kreuzwege der Flucht.
Wagenspuren über den Acker,
Der mit den Augen
Erschlagener Pferde
Den brennenden Himmel sah.

Nächte mit Lungen voll Rauch,
Mit hartem Atem der Fliehenden,
Wenn Schüsse
Auf die Dämmerung schlugen.
Aus zerbrochenem Tor
Trat lautlos Asche und Wind,
Ein Feuer,
Das mürrisch das Dunkel kaute.

Tote,
Über die Gleise geschleudert,
Den erstickten Schrei
Wie einen Stein am Gaumen.
Ein schwarzes
Summendes Tuch aus Fliegen
Schloß ihre Wunden.

WINTERPSALM

Für Hans Mayer

Da ich ging bei träger Kälte des Himmels
Und ging hinab die Straße zum Fluß,
Sah ich die Mulde im Schnee,
Wo nachts der Wind
Mit flacher Schulter gelegen.
Seine gebrechliche Stimme,
In den erstarrten Ästen oben,
Stieß sich am Trugbild weißer Luft:
»Alles Verscharrte blickt mich an.
Soll ich es heben aus dem Staub
Und zeigen dem Richter? Ich schweige.
Ich will nicht Zeuge sein.«
Sein Flüstern erlosch,
Von keiner Flamme genährt.

Wohin du stürzt, o Seele,
Nicht weiß es die Nacht. Denn da ist nichts
Als vieler Wesen stumme Angst.
Der Zeuge tritt hervor. Es ist das Licht.

Ich stand auf der Brücke,
Allein vor der trägen Kälte des Himmels.
Atmet noch schwach,
Durch die Kehle des Schilfrohrs,
Der vereiste Fluß?

DER GARTEN DES THEOPHRAST

Meinem Sohn

Wenn mittags das weiße Feuer
Der Verse über den Urnen tanzt,
Gedenke, mein Sohn. Gedenke derer,
Die einst Gespräche wie Bäume gepflanzt.
Tot ist der Garten, mein Atem wird schwerer,
Bewahre die Stunde, hier ging Theophrast,
Mit Eichenlohe zu düngen den Boden,
Die wunde Rinde zu binden mit Bast.
Ein Ölbaum spaltet das mürbe Gemäuer
Und ist noch Stimme im heißen Staub.
Sie gaben Befehl, die Wurzel zu roden.
Es sinkt dein Licht, schutzloses Laub.

TRAUM IM TELLEREISEN

Gefangen bist du, Traum.
Dein Knöchel brennt,
Zerschlagen im Tellereisen.

Wind blättert
Ein Stück Rinde auf.
Eröffnet ist
Das Testament gestürzter Tannen,
Geschrieben
In regengrauer Geduld
Unauslöschlich
Ihr letztes Vermächtnis –
Das Schweigen.

Der Hagel meißelt
Die Grabschrift auf die schwarze Glätte
Der Wasserlache.

UNTER DER WURZEL DER DISTEL

Unter der Wurzel der Distel
Wohnt nun die Sprache,
Nicht abgewandt,
Im steinigen Grund.
Ein Riegel fürs Feuer
War sie immer.

Leg deine Hand
Auf diesen Felsen.
Es zittert das starre
Geäst der Metalle.
Ausgeräumt ist aber
Der Sommer,
Verstrichen die Frist.

Es stellen
Die Schatten im Unterholz
Ihr Fangnetz auf.

OPHELIA

Später, am Morgen,
gegen die weiße Dämmerung hin,
das Waten von Stiefeln
im seichten Gewässer,
das Stoßen von Stangen,
ein rauhes Kommando,
sie heben die schlammige
Stacheldrahtreuse.

Kein Königreich,
Ophelia,
wo ein Schrei
das Wasser höhlt,
ein Zauber
die Kugel
am Weidenblatt zersplittern läßt.

EXIL

Am Abend nahen die Freunde,
die Schatten der Hügel.
Sie treten langsam über die Schwelle,
verdunkeln das Salz,
verdunkeln das Brot
und führen Gespräche mit meinem Schweigen.

Draußen im Ahorn
regt sich der Wind:
Meine Schwester, das Regenwasser
in kalkiger Mulde,
gefangen
blickt sie den Wolken nach.

Geh mit dem Wind,
sagen die Schatten.
Der Sommer legt dir
die eiserne Sichel aufs Herz.
Geh fort, bevor im Ahornblatt
das Stigma des Herbstes brennt.

Sei getreu, sagt der Stein.
Die dämmernde Frühe
hebt an, wo Licht und Laub
ineinander wohnen
und das Gesicht
in einer Flamme vergeht.

UNDINE

Mit dem Jahr wächst das Schilf
und die bräunlichen Kolben
brechen wollig auf.

Der Fischer, der morgens
durchs Wasser watet,
schiebt den teerigen Kahn
an meiner Schulter vorbei.

Eine Legende bin ich,
ein Wasser grau bewegt,
in dem die Reusen
und Blätter schwimmen.

In Wurzelkörben
unterwaschener Weiden
schwankt mit dem Laich
der Fische mein Schmuck,
vom Maul der Hechte bewacht.

Wenn die Libellen
im Sommer das Licht vergittern,
das unbewegliche Licht
von Rohr und Wasser,
lieg ich im Kerker des Sees.

Die Rohrdommel steht,
ein Weidenpfahl,
im sickernden Grün der Algen.

Und hinter Nebelwolken der Mond,
eine graue Hornissenwabe.

KEINE ANTWORT

Aufs schwimmende Nebelhaupt
der Eiche
setzt sich die Krähe.
Der Katzenbalken ist leer.

Schatten von dürrem
Weingerank
an der Zimmerdecke.
Zeichen,
von eines Mandarinen Hand
geschrieben.

Das Alphabet,
das du besitzt,
reicht nicht aus,
Antwort zu geben
der wehrlosen Schrift.

SCHNEE

Dem Gedächtnis Hans Henny Jahnns

Der Schnee treibt,
das große Schleppnetz des Himmels,
es wird die Toten nicht fangen.

Der Schnee wechselt
sein Lager.
Er stäubt von Ast zu Ast.

Die blauen Schatten
der Füchse lauern
im Hinterhalt. Sie wittern

die weiße
Kehle der Einsamkeit.

DIE ENGEL

Ein Rauch,
ein Schatten steht auf,
geht durch das Zimmer,
wo eine Greisin,
den Gänseflügel
in schwacher Hand,
den Sims des Ofens fegt.
Ein Feuer brennt.
Gedenke meiner,
flüstert der Staub.

Novembernebel, Regen, Regen
und Katzenschlaf.
Der Himmel schwarz
und schlammig über dem Fluß.
Aus klaffender Leere fließt die Zeit,
fließt über die Flossen
und Kiemen der Fische
und über die eisigen Augen
der Engel,
die niederfahren hinter der dünnen Dämmerung,
mit rußigen Schwingen zu den Töchtern Kains.

Ein Rauch,
ein Schatten steht auf,
geht durch das Zimmer.
Ein Feuer brennt.
Gedenke meiner,
flüstert der Staub.

ABSCHIED VON DEN HIRTEN

Nun da du gehst
vergiß die felsenkühle Nacht,
vergiß die Hirten,
sie bogen dem Widder den Hals zurück
und eine graubehaarte Hand
stieß ihm das Messer in die Kehle.

Im Nebelgewoge
schwimmt wieder das Licht
der ersten Schöpfung. Und unter der Tanne
der nicht zu Ende
geschlagene Kreis aus Nadeln und Nässe.
Dies ist dein Zeichen. Vergiß die Hirten.

UNTER DER BLANKEN HACKE DES MONDS
werde ich sterben,
ohne das Alphabet der Blitze
gelernt zu haben.

Im Wasserzeichen der Nacht
die Kindheit der Mythen,
nicht zu entziffern.

Unwissend
stürz' ich hinab,
zu den Knochen der Füchse geworfen.

BEI WILDENBRUCH

Eine Distel,
deren Gedächtnis der Wind zerfasert.

Pferde mit blitzenden
Brustblattgeschirren.

Im durchsonnten Wasser
der messerscharfe Schatten der Fische.

Bald frißt der Nebel
aus der Krippe kahler Äste.

Das Geständnis des Jahrs, die Krähen
tragen es in die weiße Finsternis des Himmels.

APRIL 63

Aufblickend vom Hauklotz
im leichten Regen,
das Beil in der Hand,
seh ich dort oben im breiten Geäst
fünf junge Eichelhäher.

Sie jagen lautlos, geben Zeichen
von Ast zu Ast,
sie weisen der Sonne
den Weg durchs Nebelgebüsch.
Und eine feurige Zunge fährt in die Bäume.

Ich bette mich ein
in die eisige Mulde meiner Jahre.
Ich spalte Holz,
das zähe splittrige Holz der Einsamkeit.
Und siedle mich an
im Netz der Spinnen,
die noch die Öde des Schuppens vermehren,
im Kiengeruch
gestapelter Zacken,
das Beil in der Hand.

Aufblickend vom Hauklotz
im warmen Regen des April,
seh ich an blanken
Kastanienästen
die leimigen Hüllen
der Knospen glänzen.

DIE FÄHIGKEIT
der Dichterspinnen,
aus eigener Substanz
das dünne Seil zu drehen,
auf dem sie dann geschickt
mit zwei Gesichtern
und einer Feder
durch alle Lüfte balancieren.

AM TAGE MEINES FORTGEHNS
entweichen die Dohlen
durchs glitzernde Netz der Mücken.

Am Acker klebt
der Rauch des Güterzuges,
der Himmel regenzwirnig,
dann grau gewalkt,
ein schweres Tuch,
niedergezogen
von der nassen Fahrspur.

Namen,
vernarbt und überwuchert
von neuen Zellen,
wie die verzerrte Schrift
im Baum –
ein eisiger Hauch
fegt über die Tenne der Worte.
Die Mittagsdistel erlosch
im heuigen Licht der Scheune.

Die leichte Dünung
wehender Gräser
verebbt an den Steinen.
Gealtert
geht das Jahr
mit stumpfer Axt, ein Tagelöhner,
auf den Spuren des Dachses
über die Hügel davon.
Die Leere saust

in den lehmigen Löchern
der Uferschwalben.

HUBERTUSWEG

Märzmitternacht, sagte der Gärtner,
wir kamen vom Bahnhof
und sahen das Schlußlicht des späten Zuges
im Nebel erlöschen. Einer ging hinter uns,
wir sprachen vom Wetter.
Der Wind wirft Regen
aufs Eis der Teiche,
langsam dreht sich das Jahr ins Licht.

Und in der Nacht
das Sausen in den Schlüssellöchern.
Die Wut des Halms
zerreißt die Erde.
Und gegen Morgen wühlt
das Licht das Dunkel auf.
Die Kiefern harken Nebel von den Fenstern.

Dort unten steht,
armselig wie abgestandener Tabakrauch,
mein Nachbar, mein Schatten
auf der Spur meiner Füße, verlass ich das Haus.
Mißmutig gähnend
im stäubenden Regen der kahlen Bäume
bastelt er heute am rostigen Maschendraht.
Was fällt für ihn ab, schreibt er die Fahndung
ins blaue Oktavheft, die Autonummern meiner Freunde,
die leicht verwundbare Straße belauernd,
die Konterbande,
verbotene Bücher,

Brosamen für die Eingeweide,
versteckt im Mantelfutter.
Ein schwaches Feuer nähre mit einem Ast.

Ich bin nicht gekommen,
das Dunkel aufzuwühlen.
Nicht streuen will ich vor die Schwelle
die Asche meiner Verse,
den Eintritt böser Geister zu bannen.

An diesem Morgen
mit nassem Nebel
auf sächsisch-preußischer Montur,
verlöschenden Lampen an der Grenze,
der Staat die Hacke,
das Volk die Distel,
steig ich wie immer
die altersschwache Treppe hinunter.

Vor der Keilschrift von Ras Schamra
seh ich im Zimmer meinen Sohn
den ugaritischen Text entziffern,
die Umklammerung
von Traum und Leben,
den friedlichen Feldzug des Königs Keret.
Am siebenten Tag,
wie IL der Gott verkündet,
kam heiße Luft und trank die Brunnen aus,
die Hunde heulten,
die Esel schrieen laut vor Durst.
Und ohne Sturmbock ergab sich eine Stadt.

DER HOLUNDER öffnet die Monde,
alles geht ins Schweigen hinüber,
die fließenden Lichter im Bach,
das durch Wasser getriebene
Planetarium des Archimedes,
astronomische Zeichen,
in den Anfängen babylonisch.

Sohn,
kleiner Sohn Enkidu,
du verließest deine Mutter, die Gazelle,
deinen Vater, den Wildesel,
um mit der Hure nach Uruk zu gehen.
Die milchtragenden Ziegen flohen.
Es verdorrte die Steppe.

Hinter dem Stadttor
mit den sieben Eisenriegeln
unterwies dich Gilgamesch,
der Grenzgänger zwischen Himmel und Erde,
die Stricke des Todes zu durchhauen.

Finster brannte der Mittag auf dem Ziegelwerk,
finster lag das Gold in der Kammer des Königs.
Kehre um, Enkidu.
Was schenkte dir Gilgamesch?
Das schöne Haupt der Gazelle versank.
Der Staub schlug deine Knochen.

IN MEMORIAM GÜNTER EICH

Hinfließen wird der Himmel,
aber wir werden dem Schnee,
der ins schwarze Wasser sinkt,
kein Tedeum mehr sprechen.

Ein verwüstetes Haus zwischen Himmel und Erde.
Im Torweg die Kröte,
noch immer
die goldene Krone auf dem Kopf.

MEIN GROSSVATER

Tellereisen legen,
das Aufspüren des Marders bei frischem Schnee,
das Stellen von Reusen im Mittelgraben,
das war sein Metier.

Für die Auerhahnjagd
die curische Büchse.
Sie schoß ein Blei,
das nicht stärker als ein Kirschkern war.

Er pirschte mit dem Jagdhund voraus,
ich verkroch mich in den blakenden Abend,
sah über der verschneiten Eiche
am Himmel den Hirsch verbluten.

Was wär, wenn ich fortliefe
und ließe ihn mit seinen Netzen,
Remisen und Fallen allein?
Ich ging nicht über die sieben Seen.

Im strengen Winter saßen
die Rebhühner nah bei den Scheunen.
Mit rauher Zunge leckte der Mond
das klamme Fell der Katze.

Scharf und brandig stand die Luft
dort über dem Schnee.

Der Alte kam hinter der Miete hervor
und trug die Flinte ins Haus zurück.

Prophetisch begann die Nacht,
messianisch die erste Stunde.
Er kramte im Bücherkasten und las
die »Volksschriften zur Umwälzung der Geister«.

Er drehte am Messingring der Lampe.
Die Sonne glomm auf,
der Eichelhäher schrie
und flog in den kalten märkischen Morgen.

BLICK AUS DEM WINTERFENSTER

Kopfweiden, schneeumtanzt,
Besen, die den Nebel fegen.
Holz und Unglück
wachsen über Nacht.
Mein Meßgerät
die Fieberkurve.

Wer geht dort ohne Licht
und ohne Mund,
schleift übers Eis
das Tellereisen?

Die Wahrsager des Waldes,
die Füchse mit schlechtem Gebiß
sitzen abseits im Dunkel
und starren ins Feuer.

BRANDENBURG

»Ach, wie die Nachtviole lieblich duftet!«
Kleist, Prinz von Homburg

Hinter erloschenen Teeröfen
ging ich im Brandgeruch der Kiefernheide,
dort saß ein Knecht am Holzhauerfeuer,
er blickte nicht auf,
er schränkte die Säge.

Noch immer tanzt abends
der rote Ulan
mit Bauerntöchtern auf der Tenne des Nebels,
die Ulanka durchweht
von Mückenschwärmen über dem Moor.

Im Wasserschierling
versunken
die preußische Kalesche.

NACHTS

Über den Wolken
das Knarren von Wagenrädern,
Landflüchtige,
unterwegs.

Handfeste Burschen
räumen den Nebel weg,
tragen schlafende Frauen
über die Furt.

Röhricht,
kaum zu erkennen.
Ein Mann,
das Fangnetz über die Schulter geworfen,
steht am Gewässer
und weidet die Fische aus.

Wundmale
die Kiemen der Fische,
sie leuchten im Mond.

Das Wort, ausgesät für die Nacht,
treibt fort, wurzelt im Wind.
Endlos
die Regenlitanei.

TODTMOOS

In Todtmoos
sah ich in weißer leuchtender Schneeluft
schneepflückende Wesen fliegen.
Ich griff in den Flockenfall
und fing nur Kälte.

Schneenarben an den Felsen,
Wegzeichen wohin? Schriftzeichen,
nicht zu entziffern.

DER FREMDE geht davon
und hat den Stempel
aus Regen und Moos
noch rasch der Mauer aufgedrückt.
Eine Haselnuß im Geröll
blickt ihm mit weißem Auge nach.

Jahreszeiten, Mißgeschicke, Nekrologe –
unbekümmert geht der Fremde davon.

NACHWORT

»Naturlyrik – auch so ein Begriff, ein Gewahrsam, eine Reuse, ein Reservat. Was hatte er damit zu tun? Das nur einmal mögliche, große Gedicht setzt jede Kategorie außer Kraft.«

Christoph Meckel

Die eindrücklichsten Porträts des Dichters Peter Huchel (1903-1981) verdanken wir dem Fotografen Roger Melis (1940-2009), dessen Landschaftsaufnahmen in diesem Buch neben Gedichten Huchels zu entdecken sind. Einige der von Mathias Bertram ausgewählten Fotografien werden hier erstmals veröffentlicht und geben Einblick in eine Welt, die Roger Melis gesprächsweise seine »zweite Existenz« genannt hat, die eine dörfliche war – das alltägliche Leben in einem Haus auf dem Land.

Das Porträt Peter Huchels, das diesem Nachwort vorangestellt ist, zeigt den Dichter im Jahr 1969, sieben Jahre Isolation und Überwachung im Wilhelmshorster Hubertusweg südlich von Potsdam liegen zu diesem Zeitpunkt hinter ihm. Roger Melis, der im Haushalt Peter Huchels aufgewachsen war, fotografierte den Dichter auf seinem Holzplatz hinter dem Haus: »Ja, ich wuchs seit meinem siebenten Lebensjahr im Haushalt Peter Huchels auf, und er war auch ein williges Objekt für meine ersten fotografischen Experimente, denn er stand gern vor der Kamera, liebte die Pose und bot mir gleichsam umsonst, was ich für meine Art von Porträts stets brauchte und was nur schwer zu gewinnen ist: das erforderliche Vertrauen«, schreibt Melis in einem Essay über die Ursprünge seiner künstlerischen Arbeit als Fotograf.

Huchels Holzplatz als Ort des Porträts war von gefällten Robinien begrenzt, die der Dichter seine Sitzbalken nannte, der übliche Ort für die Stunden im Freien. Zwar hatte man auch einen kleinen Tisch eingerichtet, zwei, drei Bretter, genagelt auf eine abgesägte Akazie weit hinten am Wald, damit der Dichter auch im Garten ungestört arbeiten konnte, aber dort soll Huchel nur selten gewesen sein – so jedenfalls erinnerte sich Roger Melis (hier in einem Selbstporträt von 1997), als er mir an einem Septembertag im Jahr 2002 vom Leben und Arbeiten in jenem Haus erzählte, in dem er seine Kindheit verbracht hatte. Melis, dessen Ausnahmestellung als Fotograf der Kriegsgeneration (nicht zuletzt als Chronist eines verschwundenen Landes namens DDR) längst unbestritten ist, hatte sich in den sechziger Jahren als Porträtfotograf einen Namen gemacht. Nach seiner Lehrzeit in einem Potsdamer Fotostudio arbeitete er als wissenschaftlicher Fotograf an der Berliner Charité, später als Modefotograf, Bildreporter und Theaterfotograf. Zum Kernstück seines Werks aber wurde die Kunst des Porträts, die mit einer Serie von Schriftstellerporträts ihren Anfang nahm, zu der letztlich auch die Aufnahme Huchels in seinem Garten gehörte.

Hinter dem Holzplatz und Huchels »Sitzbalken«, jenseits des uns im Porträt überlieferten Bildausschnitts, lag ein massiver Schuppen, den der Dichter als Katzenquartier, Werkzeuglager und für Teile seines ›Sinn-und-Form‹-Archivs benutzte – Kisten voller Zeitschriften,

Korrespondenz und eingesandter Manuskripte. Bis auf Reste verschwand das Archiv nach dem Tod des Freundes Erich Arendt, der nach Huchel im Haus am Hubertusweg wohnte – vor seiner Ausreise in den Westen im April 1971 hatte Huchel ihm das Haus als Wohn- und Schreibort überlassen.

Der Dichter Arendt soll Huchels Werkzeugschuppen nie betreten haben. Er war kein Mann des Werkzeugs und, anders als Huchel, nicht verbunden mit der Vorstellung, in einer ländlichen Wirtschaft zu hausen, sei es auch nur, um eine Nähe zu halten zu den dörflichen Materialien und Verrichtungen, von denen das Schreiben in der Erinnerung ausgegangen war. Einen »Hof des Gedächtnisses, daselbst Himmel, Erde und Meer gegenwärtig sind«, hatte Huchel mit Augustinus in einer Rundfunk-Selbstanzeige von 1932 für sich reklamiert. Dass daraus ein märkischer Hof geworden sei, mache ihn nicht weniger weit und grenzenlos, schrieb Huchel 1963 in einem Dankbrief an die Westberliner Akademie, die ihm den Fontanepreis verliehen hatte. Auch andere wie William Faulkner, Seamus Heaney oder Les Murray sind später auf jenes Land gezogen, das ihr Schreiben bereits bewirtschaftet hatte. Als Peter Huchel zu Beginn der fünfziger Jahre Haus und Garten im Hubertusweg erwarb, war die *landnam* lange abgeschlossen: eine Heiligung des Landes, die nach Joseph Campbell darin besteht, dass man in den Gestalten der örtlichen Landschaft die mythischen Bilder erkennt.

Huchels *landnam* geschah früh, im Wilhemshorst benachbarten Dorf Alt-Langerwisch verbrachte er die wichtigste Zeit seiner jungen Jahre. Die Bildwelt dieser

Kindheit auf dem märkischen Land bildete den Quellgrund, aus dem sein Schreiben ein Leben lang schöpfen konnte: »Wenn ich an das Dorf denke, in dem meine Mutter groß wurde und in dem ich später aufwuchs, so sehe ich das hohe weiße Doppeldachhaus in Alt-Langerwisch [...]. Ich höre noch immer das laute Drämmern der Eimer an der Pumpe, das Klirren der Kannen nach dem Fünf-Uhr-Melken in der Frühe, ich sehe die Ställe, die Scheune, den Garten dahinter, sehr verwachsen, die Grillen wetzen, unten im Keller, wo man auch buk, riecht es nach Äpfeln und Winterstroh [...]. Aus diesen Kindheitstagen habe ich so viel Erfahrungen mit ins Leben genommen, daß mir noch heute alles deutlich in Erinnerung geblieben ist.« Das alles sei ihm gegenwärtig, schreibt Huchel, »die Kindheit der Sterne, der schilfige Mittelgraben, die jahrhundertgraue Linde, die Erlen, die Pappeln, der sandige Heuweg. Und vor allem die Menschen der damaligen Landschaft: die Magd Anna, die mich aufzog, der alte Knecht, der aus dem Bau der Spinnen das Wetter voraussagte, der alte Ziegener, der bei abnehmendem Mond die Gürtelrose, das Rheuma bepustete, die Schnitter, Kutscher, Stromer und Zigeuner. Etwas vom Geruch eines zerriebenen Nußblatts – und wir sehen in einen verschollenen Sommer hinein. Nicht wir rufen das Vergangene an, das Vergangene ruft uns an«.

»Draußen im Walde von Wilhelmshorst, nichtreisend und scheinbar unbeweglich«, schrieb Hans Mayer, sei Huchel »den viel emsigeren literarischen Zeitgenossen um ein Jahrzehnt voraus« gewesen. Der scheinbare Widerspruch zwischen »voraus« sein und »draußen«

sein erinnert an einen schönen Satz von Hermann Lenz: »Wer stehenbleibt, rückt weit vor in der Zeit.« Während Mayers Bemerkung den Zeitstrahl aus Schulzeiten und die damit verbundenen Verpflichtungen in Sachen Fortschritt in Erinnerung bringt, darf man bei Lenz länger darüber nachdenken, in welche Richtung er eigentlich vorzurücken gedenkt, stehenden Fußes. »Die Wandlungen des Ichs sind das Wesentliche einer Zeit«, schrieb Günter Eich 1932 in seinen *Bemerkungen über Lyrik* und: »Die Wandlungen des Ichs sind das Problem des Lyrikers.« Auch wenn Eich solche Sätze später nicht mehr in den Vordergrund stellte, erscheinen sie doch als Basis für das, was er Ende der fünfziger Jahre »Ressentiment eines anarchischen Instinkts« nannte. Auch Eich hatte versucht, »draußen« zu siedeln. Dabei hatte dieses »Draußen« natürlich nichts von »Weltflucht«, nichts Idyllisches außerhalb der Metropolen. Die befreundeten Dichter Huchel und Eich hatten sich vom spätexpressionistischen Mainstream und von der Neuen Sachlichkeit, der automatischen Kopplung von Stadt und Moderne, abgegrenzt und ferngehalten. Das war kein Ausdruck von Traditionalismus. Eich war technikbegeistert und hatte eine Leidenschaft für Automobile, beide gehörten zu den Ersten, die das neue Medium Rundfunk für ihre Arbeiten nutzten. Im Bewusstsein der formalen Möglichkeiten ging es ihnen um eine Moderne ohne die üblichen Modernismen, mit denen sich die neuen Dichter als »auf der Höhe ihrer Zeit« ausweisen wollten.

1933 erhielt Huchel den Lyrikpreis der Zeitschrift ›Kolonne‹. Schon zu dieser Zeit war er als Dichter anerkannt und sein poetisches Sprechen vollkommen ausgeprägt. Zu Recht hat Huchel in späteren Interviews immer wieder darauf hingewiesen: »Ich bin schon sehr früh entdeckt worden. Mitte der zwanziger Jahre, z. B. von der *Literarischen Welt*. Ich war demnach schon vor 1933 da. Für mich gilt als Voraussetzung nicht die DDR-Literatur und nicht die westdeutsche Literatur.« Huchel, den der Nobelpreisträger Joseph Brodsky neben Gottfried Benn den bedeutendsten deutschen Dichter der Nachkriegszeit nannte, war bereits sechsundvierzig Jahre alt, als sein erstes Buch erschien (*Gedichte*, 1948). Einen Band mit dem Titel *Der Knabenteich*, der 1933 im Dresdner Jess-Verlag erscheinen sollte, hatte Huchel zurückgezogen, obwohl er schon im Jahr zuvor per Selbstanzeige im Rundfunk angekündigt worden war. Es handelt sich dabei um einen der seltenen poetologischen Selbstkommentare:

»Die erste Bedingung zum Verständnis dieser Verse wird darin bestehen, sich diesem Buch ohne Programmforderung zu nähern. Denn zeitnah sind die Gedichte nur zum Teil, nämlich sofern es ihnen gelungen ist, die vergangene Zeit wieder gegenwärtig zu machen [...]. Oft trägt der Mensch dann die Züge der Natur, und die Natur nimmt das Gesicht des Menschen an. Aber nicht so sehr das Hinfinden des Menschen zur Natur, nicht so sehr das Einfühlen oder die Rückkehr in die Natur will in den Gedichten zum Ausdruck kommen, mehr noch ist es die Natur als Handelnde, die auf den Menschen eindringt und ihn in sich hineinzieht.«

Noch dreißig Jahre später verwendete Huchel den Text dieser Selbstanzeige beinah unverändert, um seine

Lesungen einzuleiten. Dass er den Band *Der Knabenteich* zurückzog, hatte in einem nicht unwesentlichen Maß mit den »Programmforderungen« dieser Zeit zu tun, aber auch nach dem Sturz der Nazidiktatur gab es Programme und Forderungen, die den Dichter in Konflikt geraten ließen und zugleich zu größerer Bekanntheit brachten – als »politischer Fall«. Nach seiner Absetzung als Chefredakteur von ›Sinn und Form‹ (nach ihrer Gründung 1949 hatte Huchel die Zeitschrift der Berliner Akademie der Künste übernommen) feierte ihn die Hamburger ›Zeit‹ als »einen Helden der westlichen Welt, der auf dem Boden der Deutschen Demokratischen Republik kämpft«. Walter Jens nannte ›Sinn und Form‹ das »geheime Journal der Nation«. Tatsächlich hatte Huchel Autoren wie Thomas Mann, Theodor W. Adorno, Bertolt Brecht, Alfred Döblin, Paul Celan, Herbert Marcuse, Ernst Bloch und Hans Mayer publiziert, wobei seine Kontakte aus Vorkriegszeiten eine wichtige Rolle spielten.

Nach dem Mauerbau war Huchels Zeitschrift ›Sinn und Form‹ mit ihrer gesamtdeutschen, weltoffenen und auf literarische Qualität bedachten Ausrichtung nicht mehr gefragt, 1962 wurde ihm das Heft aus der Hand genommen. Briefe wurden abgefangen, das Telefon abgehört, sein Archiv verschleppt, ein Nachbar schrieb Spitzelberichte – Huchels märkischer Heimatort Wilhelmshorst wurde schließlich »Exil«:

Am Abend nahen die Freunde,
die Schatten der Hügel.
Sie treten langsam über die Schwelle,

verdunkeln das Salz,
verdunkeln das Brot
und führen Gespräche mit meinem Schweigen.

Für Huchel folgten neun Jahre der Isolation. Sein Haus blieb ein Treffpunkt für die wenigen literarischen Freunde: Heinrich Böll, Max Frisch, Erich Arendt, Norbert Randow, Jürgen Israel, Ludvík Kundera und andere zählten zu Huchels Besuchern, einige von ihnen hat Roger Melis fotografiert: Huchel mit Böll, Huchel mit Frisch in der sogenannten Radioecke in der oberen Etage des Hauses, wohin der Hausherr seine Gäste nach dem Essen zu Kaffee und Cognac einlud. Um das Abhören zu erschweren (Huchel vermutete »Wanzen« in den Zimmerdecken), wurde das Radio angestellt. Der junge Wolf Biermann, für den der ältere Dichter ein väterlicher Freund geworden war, wohnte zeitweise in Huchels Schreibkammer unter dem Dach: »Wir waren beide verboten, also brauchte es keinen Mut, einander zu besuchen. Ich besuchte meistens ihn, weit draußen vor Berlin, in Wilhelmshorst, eine Weltreise ums eingemauerte, will sagen um das ausgemauerte West-Berlin rum. Huchel war schön alt, ich schön jung, und so passten wir. Keine Dissi-Konkurrenz, kein Literatenneid. Gegen ihn war ich weder vorlaut noch kleinlaut. Er wusste es meist besser und war dennoch kein Besserwisser. Er war am lebensbittren Ende, ich am lebenshungrigen Anfang.« Biermanns bekanntestes Lied *Ermutigung* ist Peter Huchel gewidmet: »Du, lass dich nicht verhärten in dieser harten Zeit …«

Erst 1971, nach einer Intervention des Internationalen PEN, gelang Huchel und seiner Familie die Ausreise aus der DDR. Im Anschluss an einen einjährigen Gastaufenthalt in der Villa Massimo zogen die Huchels nach Staufen im Breisgau. In Rom bearbeitete der Dichter die während der vergangenen Jahre entstandenen Texte für eine Publikation im Suhrkamp Verlag, der Band erschien 1972 unter dem Titel *Gezählte Tage*. Einige dieser Texte stehen in direkter Beziehung zur Lebenssituation des Dichters in den Jahren, die von Überwachung und Schikanen geprägt waren. *Hubertusweg*, die Adresse seines Hauses und zugleich einstige Redaktionsanschrift von ›Sinn und Form‹, gehört ebenso dazu wie *Ophelia* oder *Am Tage meines Fortgehens*. »Ich wollte also keine politischen Gedichte schreiben, aber jede andere Aussage wäre einfach verlogen gewesen«, antwortete Huchel in einem Interview auf die Frage, ob seine Gedichte aus jener Zeit auch politisch seien.

Das Politische dringt ein ins Gedicht, doch der ureigene Wortschatz bleibt davon unbeschädigt: »Andere Lyriker verfügen über Vokabular, Peter Huchel war im Besitz eines Wortschatzes, der sich später erweiterte, doch ungewöhnlich fest und intensiv an seinem Grundbestand festhielt. Mit seinen Wörtern *Reuse, Eis, Nebel, Brache, Öde, Schnee* und *Wasser*, die an Dichte und Zauber nie verloren, unerschöpflich blieben, magisch erschienen, baute er die Hauptträume seines Welthauses bis zuletzt«, schreibt Christoph Meckel in seinen Erinnerungen an Peter Huchel. »Welthaus« ist das Stichwort: Schon Axel Vieregg wies im Nachwort der *Gesammelten Werke* von 1984 darauf hin, dass Huchels Lyrik nicht in der Tradition des sogenannten Naturgedichts wurzelt (Wilhelm Lehmann oder Oskar Loerke werden in der Regel als »Vorläufer« genannt), sondern bei Georg Trakl, Rimbaud und Baudelaire, die Huchel (neben Büchner, Augustinus und »den alten Chinesen«) als Vorbilder nennt.

Peter Huchels letzte Lebensjahre waren von Rastlosigkeit geprägt – seine Lesereisen über Italien, Belgien, Holland, England, Norwegen, Schweden und die Schweiz wirken wie eine nahezu gewaltsame Antwort auf die zuvor erzwungene Bewegungslosigkeit. Trotzdem gelang es ihm, »Gedichte zu machen«, wie Christoph Meckel es beschreibt: »Seine Tonarten wurden bitterer, aber nicht verbittert, verzweifelt, aber nicht finster. Etwas Hoffnungsloses in ihm griff um sich, beschwerte seine Metaphern und ihren Klang, *Schriftzeichen nicht zu entziffern.* Aber sein Wortschatz wurde reicher, die Versmusik offener, der unvergleichliche Charme seines Reims noch melodischer.«

1979 erscheint Huchels letzter Gedichtband mit dem Titel *Die neunte Stunde.* Er enthält einige der schönsten und stärksten Gedichte wie *Todtmoos* oder *Der Fremde geht davon,* in denen existenzielle Erfahrungen zu Sprachbildern von universeller Gültigkeit finden. »Ohne Zweifel«, schreibt Peter Walther in seinem Essay *Der Unpolitische als Politikum,* »hat die politische Perspektive eher den Blick auf das lyrische Werk Huchels verstellt. Dagegen liegen die Gebilde Huchelscher Poesie nach wie vor unversehrt unter dem Geröll der politischen Wertungen.«

In diesem Sinne spricht die vorliegende Auswahl eine doppelte Einladung aus: Sie lädt dazu ein, Roger

Melis als Landschaftsfotografen und den magischen Wortschatz der Poesie Peter Huchels neu zu entdecken.

Lutz Seiler

LITERATURHINWEISE

Peter Huchel, *Gesammelte Werke in zwei Bänden*, hg. v. Axel Vieregg, Frankfurt am Main 1984

Peter Huchel, Text und Kritik, Heft 157, zusammengestellt von Lutz Seiler und Peter Walther, München 2003

Christoph Meckel, *Hier wird Gold gewaschen. Erinnerungen an Peter Huchel*, Lengwil 2009

Roger Melis, *Künstlerporträts. Fotografien 1962-2002*, hg. v. Mathias Bertram, Leipzig 2008

Hub Nijssen, *Der heimliche König: Leben und Werk von Peter Huchel*, Würzburg 1998

Im Kieferngewölbe. Peter Huchel und die Geschichte seines Hauses, mit Beiträgen von Hendrik Röder, Lutz Seiler und Peter Walther, Berlin 2012

INHALT

 Bezugspapier: Roger Melis. Gesetzt in der Schrift Adobe Garamond. Gedruckt auf holzfreies, alterungsbeständiges mattgestrichenes Werkdruckpapier der Firma Papier Union, Hamburg, von der Memminger MedienCentrum AG. Gebunden in Fadenheftung von der Conzella Verlagsbuchbinderei GmbH & Co KG, Aschheim-Dornach.

Printed in Germany. ISBN 978-3-458-19487-3